Julie Proust Tanguy

 FANTASMIQUE & FAËRIE

Parcours Poétique

Les Manuscrits d'Edward Derby n°2

Les Éditions de l'Œil du Sphinx

© 2000 Les éditions de l'œil du sphinx.
Collection : Les Manuscrits d'Edward Derby n°2

ISSN de la collection : en cours
ISBN: 2-914405-01-4
EAN : 9782914405010

Dépôt Légal : Septembre 2000

Illustration de couverture : Willy FAVRE ©
Mise en page : Sabrina Pamies

Préface

Julie a 16 ans alors que j'écris ces lignes. Je l'ai découverte par l'intermédiaire de mon ami Pat Clot, président de l'Association des Amis de Jacques Bergier. Une rencontre « téléphonique » à l'origine qui m'a fait chaud au cœur. Je croyais que les jeunes d'aujourd'hui se consacraient pour l'essentiel à la télévision, aux jeux vidéo et autres divertissements qui envahissent l'esprit pour l'empêcher de fonctionner. Et j'ai rencontré une jeune fille complètement immergée dans la littérature, manifestant une boulimie invraisemblable en matière de lecture et d'écriture. Car c'est une encre qui coule dans ses veines, l'encre primordiale, celle qui nous parle des fées, des dragons et des légendes ancestrales. Tout est pour elle prétexte à remonter aux sources de l'Imaginaire, ses lectures bien sûr, mais aussi ses rencontres, ses voyages ou ses interrogations les plus profondes sur le sens même de la vie. Car, et que l'on ne s'y trompe pas, la plongée dans les Terres de l'Ailleurs qu'elle nous propose est aussi une forme de journal intime ; celui d'une femme qui s'éveille aux pâleurs incertaines de l'Entre-deux Siècles. La fraîcheur et le doute, l'enthousiasme et la douleur, l'amour et la solitude restent les moteurs fondamentaux de l'écriture poétique. Aujourd'hui comme hier ; aujourd'hui comme demain. Et Julie se situe d'emblée comme un témoin lucide de cette époque évanescente, où les traditions enfouies dans l'inconscient collectif ressurgissent au cœur de notre modernité turbulente pour donner un sens à la recherche du soi.

Je souhaite de tout cœur bonne chance au parcours littéraire de Julie qui est, avec ce premier recueil, déjà fort riche en promesses.

Claude Seignolle
Août 2000

«Un poème est un mystère dont le lecteur doit chercher la clef»

Stéphane Mallarmé

Ce recueil est dédié à Christine et Daniel - mes parents - et à Sylvain - mon grand frère adoré- ainsi qu'au reste de ma famille et à mes amis (odésiens, elfiriens et autres) avec une dédicace spéciale à Philippe Marlin, mon Premier Lecteur et Maître en Poésie, en le remerciant chaleureusement pour son soutien, ses conseils, et son inestimable amitié. Merci à tous ceux qui sont toujours là pour moi. Que soient aussi remerciés Terry Pratchett pour me faire rire autant - longue vie aux Annales du Disque-Monde ! - et Philippe Heurtel pour être aussi formidable même s'il n'aime pas la poésie...

J.P-T

Gouttes d'eau-La Pluie

Tombe la pluie,
Tombe la vie.
Noire au promeneur,
Douce à l'agriculteur;
Fléau dévastateur
Et nourrisseur.
Terre mouillée,
Trempée, souillée,
Gorgée
Révulsée,
Abîmée,
Révoltée,
Cassée,
Malmenée.
Eaux du Ciel,
Eaux de miel :
Chaudes, froides, tempérées.
O, nourrice
Destructrice!
O, muse du poète
Qui fait renverser la tête
Aux enfants,
Et mettre leur langue en avant
Pour goûter
Ce don des nuages précipité !
Tes gouttes rebondissent
Sur les toits, et salissent
Les vitres en les marquant
De petits ronds blancs,

Avant de s'écraser
Bêtement sur la chaussée.
Tu verdis les campagnes
Et inonde les montagnes;
Tu grises la ville,
Et la lave, tranquille
Nourrice de tes enfants,
Paysages et firmament.
O, don et fléau des Dieux,
Toi que les artistes représentent de leur mieux,
Je te dédis cette ode jolie,
Qui se nomme „pluiegraphie".

2 Août 1999

La Tempête

Les chevaux de l'écume transportent des mirages
Que le sel dessine sur l'or des plages :
Cette poudre de mer peint en courbes argentées
Le palais d'un Neptune obsédé
Par une sirène à l'émeraude beauté
Qui l'aurait par sa voix ensorcelé.

Le remous des Vagues évoque sa fureur
Quand l'orgueilleuse lui refusa son cœur :
Se riant de son amour désespéré
Sur un dauphin s'est envolée.
Neptune la Mer a soulevé
En un Tourbillon déchaîné.

L'Océan assombri a craché des démons
A l'âme aussi noire que l'originel limon,
Des Dragons Marins qui la belle ont poursuivi
Pour la mettre à mort sur ordre de l'incompris.
Ils l'ont rattrapée, de leurs dents l'ont déchiquetée
Et la Mer de Sa Vie s'est empourprée.

Mais déjà le Roi- Monstre pleure,
De son Trident d'Or se déchire le cœur,
Honteux de son geste insensé
Et du meurtre d'une telle beauté ;
Les Dragons par son sang excités
Le firent rejoindre sa Bien-Aimée.

25 Mai 2000

La Raie

Toi, la Manta, toi ce titan,
Ce diable des Mers,
Ce poisson de Satan
Cette puissance des ténèbres amères,
Tu glisses sous la surface des eaux,
Tel un oiseau
Gracieux et colossal.
Tu offres aux regards intrigués
Un fantastique bal
De toute beauté.
Voles-tu ?
Nages-tu ?
O, mystère scientifique,
Créature magique,
Altesse marine,
Coiffée de deux cornes étranges
Et drapée d'une lourde et ondoyante cape, toi la coquine
Dont l'immense bouche mange
Et dévore tout tel un four béant,
Toi dont la queue fouette l'Océan,
Terrifiant les pêcheurs,
Eloignant les gêneurs,
Tu valses et tu planes,
Diaphane
Dans la nuit bleutée
Et menacée.
Des arabesques
Elégantes et
Délicates sont esquissées

Par tes ailes gigantesques.
Mais fatiguée
D'avoir trop dansé
Pour les yeux émerveillés
Des humains à ta beauté éveillés,
Tu te retires dans les abysses,
Tu glisses dans la nuit marine,
Et les ténèbres t'engloutissent,
Te cachant à nous, ô, beauté divine!

3 Août 1999

Le Trépassé

La lune cruelle éclaire la mort
De celui qui faiblement se débat encore
Englouti par les vagues, par le sel surpris
Il abandonne toute chance de survie
Il hurle sa peine au vent déchaîné
Qui a son appel vers la côte transporté
Dans leurs chaumières, les gens se taisent
Ce râle suppliant éveille un malaise
Est-ce le diable ou quelque malheureux
Qui ne reverra plus jamais le ciel bleu ?
Dehors, la tempête fait rage
De sa chair elle fait un carnage
Elle cingle ses bras, l'empêche d'avancer
Réduit à néant ses inutiles brassées
Il crie, s'accroche à une planche de bois,
Hurlant, suppliant, on ne l'aidera pas
Dans sa chaumière, une femme terrorisée
En désespoir de cause se mit à chanter
Des algues agrippent son pied menu
Des rochers mettent sa chair à nue
Son sang s'écoule, attire les poissons
Leur promettant un repas de jambon
Hors de sa chaumière, enveloppée dans son châle
Une femme fixe le rivage pâle
La lune un rayon dans ses yeux a piqué
Et semble l'interroger, la menacer
„Ce n'est pas d'ma faute, bredouille-t-elle
J'croyais qu'c'était l'diable, je n'suis pas criminelle
Oh, j'l'ai bien entendu hurler, comme une âme en peine

Mais j'ai pensé à quelque redoutable sirène !"
Elle se justifie à l'astre colérique
Qui éclaire doucement dans la crique
Le spectacle affligeant du jeune corps bleui
Que les vagues ardentes ont tout meurtri.

14 Juin 2000

La Marimorganne

Une corne de brume sur ma tête couronnée,
Des cendres de lune sur mon corps renversé,
Des odeurs d'océan sur mon sein dénudé,
Des algues d'émeraude en robe attachées,

Je lance aux étoiles un appel désespéré
Quand je vois au loin une voile de naufragés ;
Ma plainte les émeut, dans mon piège les attire,
A ma vue s'éveille en eux un profond désir.

Ils veulent prendre mon corps aux lignes de déesse
Et sous un baiser noyer mon cri de détresse ;
Ils se jettent à l'eau pour venir m'apaiser
Et je leur fais les abysses visiter…

10 Mai 2000

L'abîme

Dans la nuit
De l'abîme
maritime
IL surgit.

Monstre tentaculaire
A l'encre mortelle,
Venu du Ciel
Sur notre Terre,

Ce colosse aquatique
Murmure à voix basse
La complainte lasse
D'une cité magique.

Rêvant, il attend
Dans l'abîme, errant,
La cité toujours cherchant,
Les hommes épouvantant.

Il imagine le futur :
Les Dieux domineront
Les hommes s'enfuiront.
Cela le rassure.

Dans l'abîme sans cesse errant
Le Dieu toujours attend
Il va perpétuellement
En rêvant et en chantant.

23 Février 2000

Un Vieux Grimoire

Falcovret, le vieux savant
Dans sa bibliothèque sans cesse errant
Trouve un livre de cuir rougeoyant.

Le titre est presque effacé :
Retroussant ses grosses lunettes sur son nez,
Les lettres il se met à frotter.

De surprise, il écarquille les yeux ;
Cet ouvrage-là, il le connaît très peu :
Il parle d'autres Dieux

Venant d'autres planètes, d'autres temps,
Aux visages vraiment repoussants,
Et aux actes horrifiants.

Falcovret avec attention le lit
Et aussitôt est envahi
Par une sombre folie.

A terre il s'est écroulé
Laissant le vent tourner
Les pages du *Nécronomicon* ensanglanté.

6 Janvier 2000

Bibliothèque

Odeur jaunie du vieux papier
Noire encre à jamais gravée
Mots anciens et ensorcelés
Rêves et utopies imprimés :
Tels sont les livres.

Alignement de titres majestueux
Cuir multicolore et poussiéreux
Culture rangée sur les étagères :
Auteurs sérieux, littérature étrangère.
Balzac, Maupassant, Zola,
Tolkien, Asimov, Kafka,
Baudelaire, Nerval, Apollinaire :
Chers écrivains d'Hier,
D'Aujourd'hui, et de Demain.
Rêveurs de Tout, et de Rien.
Tels sont les ornements
De l'endroit apaisant, réconfortant.

Sérieux,
Studieux,
Rêveurs,
Rieurs,
Emus
Par une beauté inconnue,
Bouleversés
Par les mots enchantés,
Déclarant, par l'écrit et par le rêve, leur bonheur :
Tels sont les Lecteurs.

Cauchemar

Nuit.
Pluie.
Ombres mouvantes
Et inquiétantes.
Chuchotement.
Grincement.
Armoire pleine
De croquemitaines.
Monstres sous le lit.
Cris de chauve-souris.
Craquement de plancher.
Fantômes au grenier.
Sorcières du placard à balais.
Yeux rouges et laids
Guettant dans le noir.
Désespoir,
Terreur, frayeur
Peur.
Malheur, hurleur,
Pleurs.
Lumière allumée,
Maman réveillée:
Tiédeur, douceur,
Rêveur.

2 Août 1999

Vivant Cauchemar

Dans la ruelle sombre elle court
Elle fuit le cauchemar du jour,
Une tache noire qui la rattrape,
Un tentacule d'ombre qui la happe.

Il s'est éveillé avec la bougie
Qu'elle allumait pour éloigner les esprits,
Il s'est déroulé sur le mur blanc
Et la poursuit depuis longtemps.

Il est maître de ses frayeurs d'enfant
Fantôme venu des anciens temps
Qui hantait son placard
Parmi ses jouets, dans le noir.

Il a englouti ses parents:
Son père la rassurant
Sa mère la berçant,
Noyés dans l'ombre de sang.

Elle lui avait échappé
Mais il l'a retrouvée
Le cauchemar s'est réveillé
Pour sa tâche terminer

Elle court pour échapper à l'ombre,
Autour de son pied s'enroule une patte sombre
Elle trébuche, perd conscience,
Il avale sa démence.

Dans la chambre vide, une bougie s'éteint
Le noir a englouti le Malin,
A dissout le cauchemar d'Antan
Et le cadavre de l'enfant.

2 Juin 2000

Contre la Peur

A ceux qui ont peur de l'ombre,
A ceux qui craignent les coins sombres,
Invoquez de douces fées
Pour vos rêves susciter !

Pour les croquemitaines du placard,
Pour les monstres dans le noir,
Appelez les belles Fées
Et leur chant pour vous bercer!

Contre les sorcières aux nez crochus,
A la voix horrible, aux grosses verrues
Imaginez les Tendres Fées
Pour le mal écarter!

Quant aux vilains Esprits
Dont la voix éveille vos cris,
Bannissez-les de vos soucis
Pour rentrer en Faerie!

14 Avril 2000
Pour Elea, afin qu'elle ne fasse pas de cauchemars…

Fée ?

Métaphorique Beauté
Aux Ailes Argentées
Existes-tu vraiment, ma belle
Qui dans mes songes étincelles ?

Tu vogues dans mes rêves, lumineux arc-en-ciel,
Dispersant sur mes angoisses une poudre couleur miel,
Tu réconfortes mes songes inquiets
Mais dès que je m'éveille, tu disparais :

Où te caches-tu ainsi, bel ange,
Où t'enfuis-tu, fée étrange ?

Tu sembles si réelle quand je dors,
Mais tu t'envoles dès l'aurore
Ne me laissant que la douceur d'un parfum
Echappé d'un Conte Ancien.

Où vis-tu, onirique création
Qui aspire mon attention ?

On dit qu'on peut te trouver en Brocéliande,
Tressant de jasmines guirlandes,
Parcourant d'un pas léger les allées désertées
Pour rejoindre le Miroir aux Fées.

Mais j'ai beau te chercher, chaque arbre inspecter
Tu restes dans les feuillages dissimulée !
Où danses-tu donc, papillon féminin,

Où volent tes longs cheveux châtains ?

Je deviens folle à rechercher
Cette Utopie que j'ai crée,
Cette Beauté Imaginée
Inaccessible Pureté.

O, Existe, douce Fée
Pour ma vie illuminer !

25 Mai 2000

Las, mon cœur est las

J'ai contemplé le merveilleux. Je ne puis à présent regarder l'ordinaire de la terre.

Vidée, je suis vidée.

Dans les bois, la Fée m'est apparue. Dans les bois, elle dansait nue. Une brume blanche l'entourait, pur voile fantomatique pour la protéger.

Fatiguée, je suis si fatiguée.

Comment vivre après tant de beauté? Ses blonds cheveux dansaient dans la brise du soir. O, éblouissante couronne de liens dorés, vagues de rêves et d'espoir!

Brisé, mon cœur est brisé.

Paillettes de fées, poudre dorée. Douce voix aux tons chantants. Yeux saphirs ensorcelants. Blanche biche au bois dormant!

Accablée, mon âme est accablée.

Visage d'ange au teint étrange. Gracieuse, légère danseuse, elle virevoltait dans les rayons de lune. Onirique ballet pour mes yeux déshabitués à la beauté.

Usés, mes rêves sont usés...

Depuis je ne dors plus, je ne vis plus. Mes yeux éclairés par la splendeur de la Fée sont écorchés par la vue de notre stupide éternité, de nos rêves désenchantés.

Disparu, vous avez disparu. Sans vous nous ne rêvons plus.

O, Petit Peuple enchanteur, Petit Peuple ensorceleur, émerveillé par ta douceur, mon cœur, par ta perte est baigné de pleurs.

16 Mars 2000.

Pour Willy Favre, enchanteur, créateur, cousin au grand cœur !

J'ai rêvé

J'ai rêvé.

J'ai rêvé d'un lac bleuté
Gardé par des naïades endormies
Dans un palais englouti.
Une cathédrale d'émeraude protège
Des regards indiscrets
ce havre de tranquillité
où vont boire les douces licornes à la fourrure de neige,
où s'ébattent bruyamment
les faunes s'éclaboussant,
Et où vivent les lutins aux yeux pervenche.
Les Elfes se penchent
Sur l'eau dormante
Pour y contempler les fleurs des flots, leurs amantes.
J'étais entourée de pureté,
Mais hélas je me suis réveillée….

Matin du 14 Novembre 1999
rêve en hommage à Chrysaldor, création de mon ami El Jice.

Dors…

*„Fièvre des dieux, fanfare de trompettes célestes, fracas de cymbales immortelles,
la cité baignait dans le mystère comme une fabuleuse montagne inviolée de mystère"*
HP Lovecraft, **La Quête Onirique de Kadath L'Inconnue**

Ta bénédiction tu m'as donné
Pour m'envoler au pays rêvé
Alors je suis partie, sur les chevaux du vent,
Pour trouver la cité du soleil couchant.

Les sept cents marches du sommeil profond,
Je les descendis d'un seul bond !
Je m'engouffrai dans le Bois enchanté
Avec l'espoir d'y retrouver une fée.

Point de fée, les Zoogs habitent là,
Les Détenteurs du savoir de notre Au-delà,
Je les saluai, calme voyageuse,
Ils connaissent bien en moi la Rêveuse.

Les chemins tortueux, je les connais
Puisque, dans mes rêves, je les créai!
Ces créatures sont mes amies,
Car je leur ai donné la vie !

Mais les Anciens ont caché à mon imaginaire
Cette cité où mon sommeil se perd,
Je l'ai cherché dans toute la contrée

Sans jamais pouvoir l'effleurer!

Dans cette ville de marbre blanc,
D'émeraude et de diamant,
Je ne puis pénétrer,
Les Dieux me l'ont dérobée !

Les Chats d'Ulthar m'avaient prévenue
Cette cité de la carte a disparu !
Un miaulement furieux ma demande a couronné
Et sans indice, ma quête à commencé.

Un chant elfe a guidé mes pas :
Il évoque la beauté de Là-Bas,
Conte le jardin aux pommes d'or
Qui aux mortels ne s'ouvre qu'à l'aurore.

Il chante la beauté des Dames de la Cité,
Des sculptures en dur marbre bleuté,
Evoque une licorne à un buisson de roses attablée,
Décrit des parties et des fêtes endiablées.

Le voile d'Isis, j'ai soulevé
Un portail mystérieux j'ai trouvé
Qui droit à la cité d'argent m'a menée
Droit au pays des âmes liées.

Tout est si confus,
Dans mes rêves je suis perdue
La cité tourbillonne autour de moi,
Fragile comme un sourire de roi.

Tout se mélange, tout s'efface,
De la cité, plus de traces,
Les rêves se sont enfuis,
Le sommeil les a engloutis.

Tout est si sombre à présent,
S'envole la cité d'argent.
Le portail restera-t-il béant
Pour mon prochain voyage dans le Temps ?

28 Avril 2000
A Christophe et Muriel…

L'Oubli

Fantôme délaissé
Des couloirs empoussiérés,
Je glisse dans le silence
Du château mort d'oubli intense.
Nulle dame féerique aux beaux atours
Ne vit dans cette tour,
Nul seigneur elfique ne dévore de victuailles
En chantant ses plus grandes batailles.
L'Oubli les a dévorés ;
Ce grand ennemi les a éliminés.
Ils ont disparu,
Car en eux on ne croit plus.
Les Dragons terrifiants n'existent plus :
On ne les imagine plus.
Les Faunes malicieux ne chantent plus :
Sans rêves humains, ils se sont tus.
Les Fées le soir ne danseront pas :
On a détruit leur bois.
Le Petit Peuple semble se cacher à nos yeux ;
Ceux-ci sont en fait aveugles au merveilleux...

Désolation

Toiles d'araignées
Dans la pièce étalées
Rats aux yeux rougeoyants
La poussière surveillant.

Dans l'ancien château des fées
L'Horreur s'est invitée
Les a toutes décimées
Etranglées, poignardées.

Cuisine laissée à l'abandon
Où gisent chef et marmitons
Dans une flaque de sang pourri ;
Pour les vautours, cadavres exquis.

Dans l'ancien château des Fées
La Maladie est passée
Faisant souffrir et crever
Troubadours et chevaliers.

Hier fête au salon,
Aujourd'hui chair et bonbons
Macchabées sur lit de fruits frais
Où grouillent vers et orvets.

Dans l'ancien château des Fées
L'Oubli s'est installé,
La fête a englouti,
A avalé les vies.

Château de Belle au bois Dormant
Où vont et viennent cadavres en sang
Zombies habitants et locataires
Du lieu où le Mal se terre.

De l'ancien château des Fées
Satan s'est emparé
La Magie a inversé
Son Royaume il en a fait.

25 Avril 2000

Une Vie

Mes larmes d'argent pour t'attendrir,
Chéri, et dans tes bras me blottir,
Aspirer ton corps en une étreinte
Sucer ton âme en une plainte ;

Un baiser pervers pour te faire mourir,
Pour me gorger de toi en un soupir
Un suçon de l'Ange de la Mort
Pour un dernier septième ciel encore ;

Et tes larmes de sang, chéri
Pour regretter amèrement ta vie
Quand je gobe ton cœur, mon ange,
Que j'aspire et bois comme une orange.

Jésus pendu au crucifix me fixe d'un œil morne
Car devant lui mon repas ne connaît pas de bornes :
J'aspire ces veines d'archevêque pour survivre
Je dévore les tripes de sa sainteté l'ivre
Je m'accouple avec le cadavre sanglant
Jouissant d'une Bible de Chair au cœur tremblant
Aspirant le jus sacré en un cri d'extase
Provoquant l'Eternel qui devant mon corps bave !

Le cadavre gît dans une mare figée
De sang par le vin et les épices imbibé
Il est froid à présent, je ne puis le boire
Et apaiser la soif de mon âme noire.
Ses viscères étalées, jolis rubans séchés,
Sont assemblées en un signe oublié,
Gloire aux Ténèbres de mon Maître
Qui dans le Vice m'a vu naître !

Traversant les siècles, traversant le temps,
Je suis ombre dans le firmament sanglant,
Etoile écarlate étincelante de beauté,
Je me nourris de ceux qui veulent m'aimer,
Forme illusoire aux crocs de nacre,
Mes baisers sont de souffre âcre,
Fumée sensuelle ou chat pervers
Je glisse dans l'eau ou dans l'air !

Mutante désirable aux charmes prononcés,
Friande d'hommes et de péché
Je suis une immortelle assoiffée
De votre vital empourpré !
J'ai vu la Décadence de Rome
J'ai fait crever les hommes,
Je suis l'éternelle Tentation,
Je suis le péché des Temps Sans Noms !

Femme Vampire insaisissable
Je chante ta Beauté Impérissable,

De mon Sang, dans ce cahier, je consigne
Tes Hauts Méfaits et Noirs Signes,
Tes Sombres et Innocentes Victimes
Et la Majesté de tes Crimes !
Femme Ténèbres au cœur de pierre
Plus persistante que le Lierre,
Fleur de Poison de Mille ans,
Puisse-tu un jour boire mon Sang !

14 Mai 2000

Dernier Repas

L'œil ne tient plus que par le nerf
Il pendouille et sèche à l'air,
Pauvre regard qu'une dent vorace
A arraché de sa place.

L'estomac grouille de mouches vrombissantes
Que l'amer parfum attire et tente
Des vers se mêlent aux viscères,
Le sang les désaltère.

Le vampire fixe le corps tristement
Il a cédé à un besoin dément
Sous forme de loup il a déchiqueté
La jeune fille qui lui a résisté

Elle n'est plus très fraîche, il est temps de partir
Le vampire un léger regret expire
Il n'a pas voulu cette folie sanglante
Mais elle n'aurait pas dû refuser, l'amante.

Un dernier regard sur le corps violé
Dans un lit de douces ordures couché
Un dernier souvenir vite englouti
Quand l'ombre s'enfonce dans la nuit.

1er Juin 2000

La Lune Rouge

La lune blonde illumine le jardin;
Des roses délicates montent un parfum
De souffre, de haine et de sang
Qui envahit jusqu'à l'écœurement.

Ses longs cheveux noirs dispersés par le vent,
La demoiselle avance en son linceul blanc.
Pâle suicidée au cœur réduit en débris
Dans la chambre de l'infidèle, elle sourit.

Sur son tendre cou endormi elle s'est penchée
Et la marque de ses dents elle y a imprimée.
La lune blonde de rouge s'est teintée:
La cruelle a enfin sa vengeance consommé.

7 Février 2000

A Vlad Marlinius Ier pour son 667e anniversaire…

Complainte de l'âme en peine

Sur le lac d'argent
Voguent deux cygnes blancs
Gracieuses créatures
Dont la beauté me torture.
Oh, vous qui passez,
Ma complainte écoutez !
J'erre ici sans fin
Pour oublier mon chagrin;
Ici, j'ai plongé
Pour oublier l'été
Où le ciel me vit tuer
L'infidèle bien-aimé,
Ce magicien cruel,
Qui à une autre Belle
Son cœur tendrement offrit…
La tête dans l'eau croupie
Je le maintins, il but,
Mais ce geste me déplut,
Au poignard je l'achevai
Et dans le lac le jetai…
Puis, par ce meurtre horrifiée,
Près de lui me suicidai.
Depuis j'erre sans fin
Pour oublier mon chagrin,
Pour effacer ma blessure
Et attendrir mon cœur si dur.
Oh, vous qui passez,
Et cette complainte écoutez,
Pardonnez-moi mes péchés
Et apportez moi la paix!

15 Avril 2000

L'Etang de la Fée

Ici doucement l'eau coule
Et sur les galets roule:
Agréable bruit qui murmure à mes oreilles
Que je suis déjà en pays d'Emerveille.

Par ici est passée
La pâle Ophélia de lys d'eau entourée,
Ici repose morte noyée
Une fée par l'amour désespérée.

On lui avait pourtant dit
D'éviter le centaure à la robe brunie
Mais elle laissa parler son cœur
Pour son plus grand malheur.

Car les Centaures, malgré les apparences
Sont vides d'amour et d'espérance.
Ils jouent avec leurs tendres victimes
Comme la poétesse jongle avec les rimes.

La malheureuse s'éprit de cette âme de pierre
Et auprès d'elle soupire, espère.
Mais toujours à sa passion enflammée,
Le centaure oppose la raison glacée.

Un beau jour, la pauvre fée lui parlant
Près des eaux turquoises de l'étang
Une nouvelle fois fut repoussée:
Dans les profondeurs elle s'est jetée.

Le centaure éclata d'un rire terrible
Et repartit dans la forêt, horrible.
Un chasseur de curiosités passait par là:
D'un coup de fusil, il l'acheva.

4 Janvier 2000

Jardin Secret

Sur le bord d'un pétale
Une fée s'est posée.
Elle me fixe de ses grands yeux pâles
Où brillent une lueur de gaieté.
Ses ailes s'agitent doucement,
Elle minaude la coquine!
Ses grands cils papillonnant,
Elle prend des poses mutines.
Elle s'amuse à m'émerveiller
Par des gestes pleins de grâce
Et par des moues exaspérées
Dont jamais mon cœur ne se lasse.
Ma balourdise d'humain
La fait bien rire;
Ses exploits aériens
Me font sourire.
Mais un intrus pénètre dans le jardin!
Vite, sauve qui peut!
En trois coups d'ailes et un geste de la main
Elle disparaît à mes yeux…

Dryade endormie

Le tronc est sculpté
de formes enchantées:
ici se dessine le galbe d'un sein,
là une jambe, une main;
Les branches simulent les cheveux
et de petites rides aux yeux.
Un joli tapis de mousse
révèle une robe douce.
Etait-ce un murmure du vent,
Ou un bâillement?
La dryade s'étire
Et m'offre un sourire.
Belle gardienne
De la forêt de Marchiennes,
Dis-moi le secret du merveilleux
Du monde d'Emeraude qui ébahit mes yeux !

3 Janvier 2000

L'Elfe

Fragile sculpture de verre
Trônant sur une étagère
L'elfe aux mille couleurs
Expose sa douleur :

Enfermé par une sorcière
Qui ne sut lui plaire
Il est condamné à orner
La chambre d'enfants gâtés.

Délicate œuvre d'art
Barbouillée de désespoir
Sa vie gracile s'acheva
Par un geste d'enfant maladroit :

En mille éclats se brisa
En parcelles son cœur éclata
Avec son corps, sa joie se cassa
Dans la poubelle on l'enterra ;

Fragiles éclats de verre
L'Elfe perdit son mystère
Balayé il fut
Et des Rêves disparut.

14 Mai 2000

La Vie amoureuse d'une Sorcière

Il était une fois une sorcière
Qui aimait s'envoyer en l'air
Et qui avait le feu au derrière;
Mais les hommes la repoussèrent
Alors elle se mit en colère!
„Eau, Feu, Terre!
Horribles Esprits de l'Air
Dragons, Salamandres, Chimères!
Venez à mon secours!
Moi qui désespérément cherche l'amour
Je suis toujours repoussée
Par les hommes révulsés!
Mais intérieure est ma Beauté,
Par elle ils seraient aveuglés!
Eau, Feu, Terre!
Esprits de l'air et de la Mer!
Faites jaillir sur moi cette splendeur
Qui réside dans mon cœur!
Effacer ces verrues,
Cette odeur d'huile de foie de morue,
Cette peau visqueuse qui pend
Mes écailles, mes os saillants!
Retirez moi cette bosse repoussante
Qui les cauchemars des Hommes hante !
Eau, Terre, Feu,
Embellissez mes yeux!
Vénus, Déesse de l'Amour
Prête moi tes beaux atours !"
La sorcière hurla, trépigna, implora

Mais rien ne se passa...

Vénus impuissante se déclara

L'esprit de l'Air ne répondit pas;

Quant aux autres, ils se défilèrent,

Et dans leur coin, honteux, se terrèrent!

La malheureuse sorcière pleura

Et à chaque larme qu'elle versa

Sa laideur doucement s'effaça...

Sa rugueuse peau par couches s'effrita

Pour devenir douce et veloutée.

Bientôt, ce fut au tour des verrues de tomber,

Une à une, comme de la glace fondue ;

L'horrible bosse disparut

La silhouette s'affina, les cheveux se bouclèrent,

Les yeux devinrent couleur de mer,

Et la sorcière fut merveilleusement belle...

Une envoûtante odeur se dégageait d'elle,

Parfum sensuel qui attira les hommes à la ronde,

Des Princes venus des quatre coins du monde,

Tous entourèrent la merveilleuse sorcière,

Mais celle-ci joua la fière:

„Vous qui m'avez tant fait pleurer,

A mon tour de vous repousser!"

Longuement, elle les insulta

Sa colère noire s'amplifia

Jusqu'à dissimuler sa beauté

Et les hommes horrifier

Sombre de cœur,

Sombre d'extérieure

La sorcière retrouva sa laideur

et ré-inspira la terreur...

Conclusion:
On est tel qu'on veut paraître
Il suffit juste „d'être!"

14 Avril 2000

Origine de la laideur des sorcières

Il était une sorcière
Au merveilleux derrière
Qui tous les hommes séduisait
Et tout de suite les rejetait,
Au lit passait son temps
Avec le prince charmant.
Un jour vint la trouver
Une épouse délaissée:
„Je te provoque en duel :
Qui est la plus belle ?
De nous, celle qui perdra
A l'autre sa Beauté donnera!
-J'accepte ton défi,
Ridicule souris,
Mais je te préviens:
Ton époux sera mien!
Tu seras condamnée
A une laideur d'éternité!"
Le premier défi consistait
A séduire de jeunes valets.
La sorcière en décolleté
Ramena de jeunes minets
Mais la Fée par sa douceur
Ramena de nobles cœurs,
Et la sorcière, aussitôt,
Eut bien vilaine peau.
Ensuite, épreuve du désir
Les hommes il faut faire jouir
La sorcière de la bouche joua

Mais la Fée les caressa
Et aucun ne résista !
Cheveux ou queue de rat?
Un peu de laideur s'ajouta !
Vint ensuite la fin du tournoi
L'histoire ne nous le raconte pas:
On amena un grand lit,
D'hommes bien rempli
Aux femmes on les abandonna,
Et bien des cris on poussa...
Quand la sorcière sortit
De frayeur furent les cris.
Quant à l'épouse- Fée
Elle resplendissait de beauté!
C'est depuis ce jour
Que les Fées de l'amour
Sont aussi belles que le soleil
Et que face à ses merveilles
Est la Laideur des sorcières
Qui gardent dans la bouche un goût amer...

14 Avril 2000

Le Sabbat

Apportez vos chaudrons, sorcières,
Invoquez les démons, esprits de l'air
De la terre infernale ou du feu!
Oh, sortez de leur sommeil éternel
Ceux qui furent répudiés du ciel
Par des bûchers ou des meurtres affreux!

Œil de triton, bave de crapaud, dent de lynx,
Pincée de douleur et sagesse de sphinx,
La potion déjà bouillonne, la fumée s'élève
Et réveille ceux dont le cœur est maudit,
Ceux que les humains pour leurs actes ont banni
De leurs villes, de leur imagination, de leurs rêves!

Levez-vous, criminels, debout, vous les morts!
Le vampire déjà de son caveau sort,
Et le loup-garou hurle à la lune pleine
Que le Mal va coloniser la Terre !
Oh, continuez votre œuvre, sorcières!
Que l'Enfer se répande sur cette vie humaine!

Malheureux humains par les contes effrayés,
Vous qui tant le fantastique repoussez,
Ceux que vous avez tant tenter d'oublier,
Ceux que vous vouliez à jamais effacer,
Aujourd'hui s'éveillent, et pour vous punir,
Vont de votre vie ne jamais sortir.

23 Février 2000

Le Bouc

Dans une grange, un feu,
Des adolescents, un jeu :
On invoque de sombres dieux,
Histoire de rire un peu.

Soudain, un craquement.
Jean se retourne en frissonnant,
Les camarades s'en vont hurlant,
Une forme vient lentement.

C'est un bouc noir et méchant
Aux yeux troubles étincelant
Haleine de souffre étouffant
Toison râpeuse, sabots sanglants.

Allez, va-t-en, fiche le camp,
Murmure Jean entre ses dents
En contemplant le bouc ardent
Qui vers lui vient tranquillement.

La bête le toise sournoisement
Méchamment lui montre les dents,
Et grogne, voulant effrayer Jean
Qui soutient le regard flamboyant.

Mais la brume le bouc avala
Baigné de sueurs, Jean soupira,
Le cauchemar s'arrêtait là !
Quand un cri soudain s'éleva.

Mais qui hurlait ainsi ?
Quelle peur brisait la nuit ?
Rapide comme l'éclair qui fuit,
Le silence le son engloutit.

Des gouttes de sang tombent à terre
Suivies d'odeurs de cimetière,
Une plainte d'âme qui erre
Un ricanement puis une prière.

Un bruit de galop,
Quelques sanglots
Parfum de caniveau,
D'encens, d'air chaud.

Jean sortit en courant
Pour voir se refermant
Un portail de terre béant
Rougeoyant comme un volcan.

Mais dans le flamboiement
Il aperçut, inerte et blanc,
Un ami mort chevauchant
Le bouc aux sabots de sang.

17 Avril 2000

Incantation

Gouttes de sang
Gouttes de pluie
Gouttes d'amant
Gouttes d'envie
La bouche pleine
Du sang d'autrui
Vampire Châtelaine,
Sorcière qui rit ?
Homme qui meurt
Touché au cœur
Cadavre blanc
Vidé de sang
Tombe vidée
Linceul souillé
Vampire calmée
Cercueil fermé.

13 Avril 2000

La Demoiselle, L'Amante

Loin de sa tombe chante
La Demoiselle, l'Amante ;
Enroulée dans son linceul blanc
Elle avance en fredonnant.
Les chiens hurlent à la mort ;
Tranquille, le village dort,
Inconscient du danger imminent.
Sauvez, sauvez vos enfants !
Semble murmurer le vent
Qui de son souffle glaçant
Pousse la Dame au linceul blanc.
Fuyez, Fuyez crie le vent,
Voilà la brume, voici le sang!
Voici la Dame Buveuse d'Enfants !
Loin de sa tombe, elle chante,
La Demoiselle, l'Amante,
Elle arrive, l'assoiffée
Pour dans votre sang laver
L'outrage qu'on lui fit subir,
La douleur qui la fit souffrir.
Réveillez-vous, sauvez-vous !
Elle avance tel un loup
Elle vient vider votre cou,
Elle vient profiter de vous !
Loin de sa tombe chante
La Demoiselle, l'Amante
Elle avance en fredonnant
Dans son linceul taché de sang.

12 Avril 2000

Le Chant

Enveloppe bleutée dans le noir
Lumière vacillante d'espoir,
La Fée s'avance à pas feutrés.

Les hommes sont partis, la place est vide
Plus de bruit, silence limpide,
La Fée aiguise sa voix.

Dans l'air humide encore des rires des femmes
S'élève un chant, une délicieuse flamme
De tendresse qui monte vers le ciel étoilé.

C'est un hymne de pureté et de douceur
Qui naît là, une lumière venue du cœur
Qui se matérialise dans la clairière embrumée.

La fée murmure quelques couplets anciens,
Les yeux fermés, les mains croisées sur son sein,
Concentrant sa beauté sur sa création.

C'est un cadeau aux Arbres Ancestraux
Où s'abritent sylphes et oiseaux,
Un don qui les fait vibrer d'émotion.

Ses ailes déployées créent une mélodie
Une musique aux flagrances fleuries
Un accompagnement doux pour la cantatrice.

Tout son être et son cœur entrent dans le chant,

Et pour battre la mesure, ses yeux d'argent
Se font papillonnant pour l'inspiratrice.

L'aube s'éveille, douces teintes rosées
Qui font le rideau de la nuit se lever;
La fée atteint les dernières mesures.

Notes finales, les arbres soupirent,
Tendent leurs branches pour la retenir
Mais elle disparaît dans la nature…

Nuit du 9 au 10 Mai 2000

Loreley

A Bacharach on entend
Dans la nuit s'élever un chant,
Une mélodieuse complainte
Une prière digne d'une sainte.

Loreley, âme en peine,
Oh, ma belle sirène
Au cœur condamné
A être asséché !

Toi qui depuis tant attend
Ton chevalier, ton amant,
Immobile sur ta montagne
Ta mélancolie me gagne.

De ton rocher tu domines
Ceux que ton chant assassine,
Marins inconscients envoûtés
Par ta glorieuse beauté.

Loreley, fée du Rhin,
De douleur tu tords tes mains
Qui sur ce rocher montera
Qui du sort te délivrera ?

O, Loreley triste et jolie
Sur ta joue une larme fleurit
Et coulent tes cheveux dorés
Sur tes épaules dénudées.

O, triste, triste Lore
Tu peignes tes cheveux d'or
En chantant, espérant encore
Que ton chevalier n'est pas mort.

20 Avril 2000
Für Frau Seror

Orphée

„ Et mon luth constellé/ porte le soleil noir de la mélancolie"
G. de Nerval, ***Les Chimères***

J'ai plongé en enfer
Pour n'y retrouver
Que le goût de l'amer
Que sur terre j'ai quitté.

J'ai nagé parmi les damnés
Pour ma bien-aimée retrouver
Le chien tricéphal j'ai bravé
Devant ce gardien j'ai tremblé.

De ma lyre je l'ai charmé
Un gâteau sa faim a apaisé
Ma terreur j'ai surmonté
Pour ma belle aux cheveux dorés.

J'ai brassé fantômes et chaos
Combattu monstres et chimères
J'ai reculé devant les fourneaux
Où m'accueillaient les esprits de la Terre.

La lueur des flammes m'aurait aveuglé
Si je n'avais, amoureux fidèle,
Placé devant mes yeux l'image de la Fée,
La silhouette ondoyante de ma Belle !

Cent fois, mille fois, j'aurais péri
Si je n'avais, cœur envoûté,
Invoqué celle que je chéris
Mon Eurydice, ma bien-aimée !
Calme et belle, les yeux froids,
Serrant son sceptre de diamants,
Proserpine se tient près du Roi
Et me toise sévèrement.

„Que fais-tu ici, mortel,
qui tous mes pièges a bravé ?
-    Je viens chercher l'âme de celle
Que la Mort m'a arraché!

Je ne puis vivre sans elle
Mes mains tremblent, les mots s'envolent
Délaissant mes vers, ils partent à tire d'aile
Tels des papillons que la nuit affole!

Ma muse m'a abandonné,
Comment voulez-vous que je crée?
Mon cœur s'est déchiré,
Comment puis-je Vénus chanter ?

J'ai calmé le terrible Cerbère
D'une chanson douce et enchantée
Je suis descendu aux Enfers
Pour mieux vous implorer !

Rendez-moi mon Eurydice,
Ma muse, ma fée, mon amante,
Ma folie, ma raison, mon vice!
O, déesse des ombres rampantes

Dont la froide grâce partout est chantée
Toi qui à ta mère fut arrachée,
Tu sais ce que veut dire désespéré !
Daigne me rendre mon aimée !

-    Ta douleur me touche, poète Orphée
Reprends donc ce fantôme peiné
Qui de ses cris ne cesse de te réclamer !
Pars, emmène là, sans te retourner !

Si tu contemples une seule fois son visage
Elle sera perdue pour toujours
Tu n'écriras plus une seule page,
Ton art s'évanouira avec l'amour !"

Mon cœur accepte, reprend le chemin
Avec, derrière lui , la belle Eurydice
Dont je sens dans mon dos la douce main
A la tendre blancheur de lys !

Nous franchissons tous les obstacles
Et gravissons l'escalier
Qui loin de cet épouvantable spectacle
Vers le ciel bleu doit nous guider !

Alors que j'atteignais le jour naissant
Une envie folle me saisit,
De revoir les yeux aimants
De mon Eurydice chérie.

Oh, si les Manes savaient pardonner !
Un grand cri retentit:
Au moment où je me retournai
Une flamme Eurydice engloutit.

Je courus longtemps après elle,
Je suppliai Charon le vieux passeur
De me rendre ma belle,
Ma raison, mon cœur!

Mais déjà, plus ombre que les ombres,
Eurydice en Enfer repartit
S'enfonçant dans les eaux sombres
Du Styx, fleuve maudit !

Des jours et des années je suis resté prostré
De mes larmes abondantes un fleuve est né
Mes cris ont attendri plus d'un rocher
Et ma douleur un tigre a apprivoisé.

Mais je demeure sans ma muse, ma belle, ma folie,
Et les nymphes qui voulurent me consoler
De leur bouche et de leurs charmes fleuris
Ont vu leur douceur repoussée.

Furieuses, elle me décapitèrent
Brisèrent ma lyre, mes chants brûlèrent
Jetèrent ma tête au fond de la mer
Où mon chant s'élève et erre.

27 Avril 2000

La Possédée

Brisée je suis
Créature de la Nuit
Tordue par la douleur
Cassée par le malheur.

Je deviens serpent se tortillant
Pour échapper au mal dévorant
Oh, hurler, geindre, pleurer,
De moi cet horrible mal éjecter !

Parasite de ma vie,
Souffrance qui tout pourrit
Avec son cortège de malheurs
Et ses pages les pleurs,

Oh, démon infâme qui me plie
Sous son joug maudit,
Tyran qui régule ma vie
Et qui mes rêves salit !

Exorcisez-moi, ôtez moi cette douleur
Qui se complait à torturer mon cœur !
Oh, bourrez-moi de cachets
Pour rendre ce mal secret !

Ma tête s'alourdit, étrange bal
Qui le paysage avale,
Un trou noir, un ver géant
Les visages amicaux gobant,

Un dragon vicieux au souffle ardent
Fait brûler mon corps souffrant
Ma tête explose, fourneaux sanglants
Dans lequel m'a jetée Satan.

Oh, je suis damnée
A souffrir pour l'éternité,
Oh, je suis possédée
Par le Démon Perversité !

Il monte en moi, détruisant
Tous mes rêves d'enfants,
Il clôt mes yeux au bonheur
Et lacère tendrement mon cœur.

Je suis prisonnière du Noir
Que fait naître le Désespoir,
Le Démon Douleur est en moi,
Il ne me lâchera pas !

Oh, allez chercher
Quelque magicien, une fée !
Apaisez mes pleurs brûlants
Par votre douceur d'amant !

J'étouffe, il est en moi,
Oh, je souffre, aidez-moi,
J'ai péché, je suis possédée
Par le Démon Fatalité !

Brèves convulsions et larmes ardentes
En moi s'apaise la douleur violente
L'Esprit par un hurlement est chassé
Je replonge dans un sommeil d'Eternité.

14 Mai 2000

La Découverte ou L'ignorance...

Fougueusement il l'embrassa,
Et la sorcière ainsi parla:
„Sous tes doigts de Feu
Mon corps frissonne, heureux,
Sous ton souffle ardent
Je m'enflamme tellement !
La caresse de ta voix sensuelle
En moi fait rougir la jouvencelle.
Mais qui es-tu, homme puissant
Homme viril, homme dément ?
N'es-tu point Satan, Prince des Amants,
Pour éveiller en moi désir si violent ?
N'es-tu pas Prince des Passions
Pour ainsi causer ma déraison ?
Qui es-tu, Homme Inconnu
Homme muet, homme charnu,
Nomme-toi, présente-toi
A celle qui dans tes bras
Le Feu de l'Amour rencontra !
Oh, dis, parle, parle-moi,
Laisse s'ouvrir ta bouche
Sur le nom de celui qui partagea ma couche !
Parle-moi de ton pays, de ton Royaume,
De ta contrée, noble fantôme!
Ombre sensuelle, raconte-moi
Les Aventures de ton Roi !
-    D'un pays lointain je suis venu
D'un monde depuis longtemps disparu,
D'un lieu que les hommes ne connaissent pas

Et que jamais l'Amour ne souilla.
Avant toi, je ne le connaissais pas
Et je te remercie pour cela…
Là-bas, tout n'est que rubis, palais, diamants,
Fêtes, joutes, danses et chants!
Je viens d'un pays dont le nom
Eveille en toi de grands frissons
Un nom si beau et terrifiant
Qu'il provoque tempêtes et ouragans !
Un nom au goût d'interdit,
Royaume d'où tu es bannie.
Que ferais-tu pour le savoir ?
-    Je donnerai tous mes pouvoirs,
Ma richesse, ma beauté, ma vie !
Oh, dis-le moi je t'en prie !"
L'homme tristement lui sourit,
Un dernier baiser lui offrit,
Et à voix basse lui dit.
Elle poussa un léger cri,
Sa figure en un masque d'horreur se figea,
Le Faucheur tendrement emporta
Sous terre l'âme qui à lui s'abandonna,
Sous la Terre sombre où il est Roi,
Peuplée d'ombres et de chimères,
Région de peur et de colère
Où réside les âmes désespérées
De ceux qui l'espoir ont abandonné.

14 Avril 2000

Complainte du Corbeau

J'ai frôlé la mort
De mes ailes mordorées
Et j'ai plongé encore
Dans la mer désertée,
Survolé ce miroir déchaîné
Dont la pureté fut troublée.

Sombre corbeau je suis ;
Je fends le ciel noir,
Que ma présence obscurcit,
D'un cri de désespoir
Qui déchire la Nuit
Et les Etoiles engloutit.

J'ai joué avec le Faucheur,
Je l'ai provoqué
Il a arraché mon cœur
Pour mieux le dévorer
De rage, j'ai versé des pleurs
Succombant au Malheur,

Succombant à cette pensée humaine,
Moi, l'Esprit, le présage malheureux,
L'Augure Noir, l'Oiseau de Haine,
Le Jouet des Prophètes et des Dieux !
Je suis le Démon sous forme incertaine,
Le Monstre à la bouche d'âmes pleine !

Je répand le malheur et la guerre,
Je fais naître Jalousie et Envie,
Je fais jaillir sang et viscères
Et les vices des humains abrutis.
Je suis Corbeau, Démon de l'air
Dont la présence désespère.

Je suis Corbeau, mais suis Enfermé,
Prisonnier de ma cage de Libertés
Fatigué de ces vices engendrés
Lassé des humains violentés.
Mon âme ne peut s'envoler
Toute alourdie de Méchanceté !

Je suis Corbeau noir flamboyant
Je suis Esprit Sombre et Savant
Je suis Démon le pardon réclamant,
Je suis un Tyran repentant,
Rongé par la honte et le remords :
Saurez-vous pardonner mes torts ?

6 Mai 2000

Le Hors-les-Lois

Tes larmes qui coulent sur ta joue
Volent à présent sur le métal roux
Qui constitue ma piteuse carcasse,
Fer défectueux que la rouille encrasse.

Tu sais que la Mort approche à grands pas
Tu connais le destin des gens comme moi,
Modèles imparfaits que leurs maîtres remplacent,
Qui disparaissent sans laisser de traces.

Petite fille, ne pleure pas le robot
Qui tendrement astiquait tes bibelots,
Ne te désole pas pour la machine
Tout juste bonne à faire la cuisine.

Vois comme je rouille à présent,
Mes circuits s'embrouillent automatiquement
Je ne fonctionne plus, je suis trop vieux
Pour apaiser et sécher tes jolis yeux.

Ma mémoire s'en va, je suis déréglé,
Je ne peux plus les consignes appliquer
Ne pleure pas sur le robot détraqué
Qui ne peut plus les ordres respecter.

J'appartiens à l'ancienne génération
Qui a trois règles prête attention
J'ai désobéi aux lois fondamentales
La revanche du temps s'est faite brutale !

Ne pleure pas, un autre me remplacera,
Un autre qui respectera les Lois,
Sèche tes pleurs, tu m'oublieras
Je ne suis qu'Un parmi le tas.

Sois heureuse, profite de la vie,
Je finirai la mienne en tuyaux de plomberie !
Mon fer refondu servira à quelqu'un
Je me réincarnerai en plaque d'étain !

Fillette, pars à l'école à présent
Ou ton Papa sera mécontent !
Pars, je te dis, file en courant,
Oublie celui qui te bordait en chantant !

Eloigne toi, ne te retourne pas
Vers l'image de celui qui le soir te berça
Travaille bien surtout, applique toi
Pendant qu'à la décharge on m'emmènera !

Pars, ma petite, sois heureuse
Rappelle toi bien les berceuses
Que ma voix métallique te chantait
Quand encore les lois je respectais…

10 Mai 2000

Ballade de la balayeuse

„Le Progrès: trop robot pour être vrai"
Jacques Prévert

Noir spectre dans les larges couloirs
Je vous effraye de ma sombre histoire :
Je vous côtoie tous les jours, noyée parmi vous,
Perdue dans la masse, brebis parmi les loups,
Comme une inconnue à votre atmosphère
Si semblable à vous, mais si étrangère !
Vous ne me voyez pas, détail dans le tableau,
De moi ne vous parvient aucun mot,
Egoïstes humains qui ne me prêtent attention
Que pour m'insulter, me bousculer sans raison !
Je suis Une dans la foule, visage qui se perd
Dont l'image si vite s'efface dans l'air,
Je suis individu dans cette masse qui m'avale
Je suis ombre dans le jour, et dans la nuit spectrale.
Je suis différente, mais vous ne le voyez
Que quand un coup d'œil vous daignez m'accorder,
Votre cerveau efface soigneusement l'impossibilité
Et vous m'oubliez, moi, mon anormalité !

Parfois vous prenez conscience de ma présence
Alors commence la peur, froide et intense,
Inondés de sueur, vous contemplez
Le funeste présage aux ailes déployées,
L'horrible cauchemar devenu réalité,
Le fantastique monstrueux au futur associé !
Vous avez si peur de me ressembler

Si peur d'être un cerveau bourré de données
Si peur de ma démarche mécanique
De ses éclats de fers de ma vie informatique,
Si peur des circuits qui de ma nuque coulent,
Si peur de ce câble qui lentement se déroule,
De ce boîtier et de ses lumières colorées
Qui clignotent dans votre air pollué !
Peur du Robot qui vous fait face,
Peur du Futur qui vous efface,
Peur des Inventions nouvelles qui vous remplaceront
Peur des Machines qui un jour vous domineront !

Spectre noir balayant les larges couloirs
Ma vie s'éteint quand vient le soir
Vite, très vite, juste un simple clic
Et c'est la fin de ma vie électrique.

4 Mai 2000

A une morte

Elle a les cheveux couleur d'ombre
Et ses yeux aux prunelles sombres
Dont j'admire le brun chatoyant
sont tristes; son regard larmoyant
inspire la plus profonde pitié.

Son teint pâle est animé
Par un petit rire,
Par un calme sourire ;
La maladie la dévore
Et bientôt s'approche la mort.

Elle est flamme de bougie:
Fragile et alanguie,
Fatiguée, harassée,
Son mal va la tuer.
Si triste mais si belle,

Sa délicatesse ensorcelle.
Mais déjà s'approche le faucheur,
Horrible squelette sans cœur.
Sans un soupir, sans un cri,
Soufflée fut la bougie.

28 Janvier 2000

L'Oubli (bis)

Elle est le rayon de soleil
Dansant sur leurs âmes,
Elle a les yeux d'émerveille
Et la jeunesse des flammes.
Elle n'est qu'éclats de rires
Murmures et tendresse.
Ses larmes font souffrir
Eveillent la tristesse,
Diamants d'innocence perdus dans le vent
Pluie salée dispersée sur leurs cœurs.
Le silence l'engloutit, opaque manteau blanc
Qui dans son âme éveille une étrange moiteur,
Des larmes intérieures qui lentement la noient,
Une peine fatale qui l'étouffe férocement,
Telle un assassin cruel caché dans un bois
Plantant son couteau dans un cœur innocent.
Les humains impuissants regardent disparaître
Cette fée aux doux charmes qui avait fait renaître
Leurs rêves d'enfants et la douceur d'être
Emporté Ailleurs par ses ailes de Maître.
Elle riait, la fée, l'Oubli l'a reprise,
A éteint le foyer de son imaginaire,
A tué l'Oiseau-Lyre qui filait dans la brise
Et emporté la tendresse de ceux qui espèrent.
Elle pleure, la fée, ses larmes l'engloutissent,
Délavent sa magie, peinture qui s'efface,
Dématérialise ses rondes formes et ses vices,
L'Oubli l'avale sans laisser de traces.
Elle n'est plus, la fée, l'Oubli l'a vaincue,

Sûr ennemi des Rêves des Humains,
Le sombre Guerrier lentement a bu
La fraîcheur des Songes d'un Matin.

18 Mai 2000

La Prisonnière

Petite plume de Plomb,
Damoiselle privée de son,
La Fée tente de sortir
De la bulle qui veut la retenir.

Ses quelques pouces sont prisonniers
De la sphère de savon irisée
Où un humain l'a enfermée
Et ravi, la regarde pleurer.

La fée contemple avec tristesse
L'herbe d'émeraude traîtresse
Où elle s'ébattait, sans voir venir
Le Grand Humain qui la fait souffrir.

D'une bulle de savon elle est prise au piège,
Elle n'avait pas vu Son manège
Joyeusement, elle dansait sur une Rose
Sans voir s'avancer la Chose.

Ses poings légers cognent la paroi
Sans parvenir à la briser toutefois
Ses ailes s'agitent avec terreur
Sans émouvoir le dur cœur

De son Bourreau d'Humain qui éclate de rire
Heureux d'avoir un jouet, un nouveau martyr
Il contemple le bel insecte avec curiosité :
Comment va-t-il le disséquer ?

Surgit soudain une armée de lutins
Armés de campanules et de jasmin
Ils attaquent le bourreau
Lui soufflent du pollen dans le museau

L'Homme éternue, et délivre ainsi
La Fée aux grands yeux fleuris,
Qui retourne avec ses amis lutins
Danser dans la forêt, loin des humains.

11 Mai 2000

Le Mage

Fleur de colère
Sur la lande de bruyère
La fée tape du pied.

Où est-il ce magicien,
Ce fainéant, ce bon à rien
Qui au bal doit l'emmener?

Déjà la ronde des Korrigans commence
Les blondes fées entrent dans la danse
Mais Il ne vient pas

Les rires montent, les chants aussi
Le vin coule à grands flots brunis
La fée ne sourit pas.

Oh, elle ne sait pas, l'impatiente
Que dans l'Enfer de Dante
Son bien-aimé fut projeté !

Oh, comme elle maudirait sinon
L'horrible et affamé Dragon
Qui n'en a fait qu'une bouffée !

Le Grand Ecailleux a englouti
Celui pour qui son cœur frémit
Et par son gosier l'a emporté

Au lieu qui abrite les Démons

Où Satan le Terrible tient salon
Pour mieux le torturer.

Le mage supplie à genoux
Le Roi des Sots et des Fous
De le délivrer

Pour rejoindre sa belle fée,
Une dernière fois la faire danser
Et encore l'embrasser.

Satan le Grand fut attendri
Sur la Terre verte l'a reconduit
Par la gorge du Dragon.

Le mage encore apeuré
Se jeta dans les bras de la fée,
S'apaisa sur son giron.

La Fée par sa détresse déboussolée
N'a pu le tranquilliser
Que par une danse langoureuse.

Le mage heureux se laissa aller,
Ses soucis se sont envolés:
Oubliée l'histoire fâcheuse !

28 Mai 2000

Danse féerique

Son corps ondule tel un serpent
Ses yeux deviennent lacs d'argent
La musique la possède, mélodieux esprit,
Qui dévore et domine sa vie.

Sa robe et sa langue se délient
Epuisée par le rythme, elle rit,
La passion lui donne des ailes
Qui battent un tempo éternel.

Les papillons dans ses cheveux s'agitent,
Et forment un cercle, une limite,
Une piste de danse qu'elle investit,
Tourbillonnant dans le vent fleuri.

Ses courbes frissonnent sous la caresse
De l'harmonieux et taquin Vent de l'Est,
Ce musicien aux joues gonflées
Par un tango endiablé.

Elle danse, la fée, elle offre sa vie
Au ciel qui à ses charmes sourit,
Aux lutins par sa grâce abasourdis
A l'humain qui en cachette la vit.

Elle danse pour célébrer les temps anciens
Pour faire vivre les songes des siens

Pour étendre son amour et sa beauté
Sur les rêves des enfants enchantés.

20 Mai 2000.

Danse Macabre

Son corps ondule tel un serpent
Ses bras se font piège menaçant
Ses ongles s'agrippent, serres sanglantes,
A l'Homme qui sa vie hante.

Sa bouche tueuse au sourire d'acier
Dévoile deux canines affûtées,
Deux cauchemars prêts à tuer
Pour leur soif abreuver.

Sa peau brûlante le calcine d'amour,
Contre lui elle se serre jusqu'au jour,
Dans son sang se baigne jusqu'à l'aurore
En murmurant le Chant des Morts,

Cette sombre mélodie qui la fait tressaillir,
Cette mélopée qui son corps fait frémir,
Ce rythme ancestral qui la fait danser
Sur le cadavre, sans s'arrêter.

20 Mai 2000

Mariage vampire- Timmy Valentine [1]

Boire Ton âme
A même les flammes
Du Divin Enfer

Me gorger de Ta vie
De Ton sang roussi
Par l'âcre mer

De Tes tourments,
De Ton argent,
Rock- star incomprise.

Voler Ton immortalité
Ou avec Toi la partager,
Ma sanglante brise.

Ange de la Mort,
T'embrasser encore
Au- delà du Miroir

Te rejoindre crucifié
Dans les Ombres de la Forêt
Où baigne le désespoir.

A Vampire Junction incendié
Moi, je Te retrouverai,
Ma voix de tourmente,

---

1   Personnage créé par SP Somtow; Valentine est un chanteur venu de l'aube des temps, un vampire Rock- Star, un magicien psychédélique à la voix envoûtante.

A Vampire Junction je T'attendrai
Et Ton âme je la boirai,
Ombre qui me hante.

A Ta voix sans souffle je me joindrai
Pour le Chaos célébrer,
Les Ténèbres éveiller.

Dans le pourpre Nous roulerons
Tandis que naît Désolation,
Mère de tous les péchés.

Chante, bel ange millénaire,
Crie ce qui désespère ;
Et les souffrances passées

Que Tes cordes vocales les glorifient,
Qu'elles louent ce qui fut banni ;
Et le glorieux Satan,

Qu'il vienne célébrer dans le sang
Notre mariage au cœur mordant,
Au pourpre entêtant.

Que l'ocre mer Nous amène
Où vivent les carnassières sirènes
Pour Notre Lune de Miel,

Qu'on y dévore des humains
Pour célébrer par un festin
Notre passion si belle.

Chante, bel ange, Notre amour éternel
Sur lequel la Vie étincelle
Dans son manteau sombre

Et que de l'union de Nos tourments
S'éveille le Chaos Rampant
Et que vivent les ombres.

Que de Notre passion fatale naquisse
Désolation, mère de tous les vices,
Et que la Terre

Soit engloutie par les Démons
En même temps que Notre Raison,
Et que l'Air

Soit une nuée de sauterelles,
Que vienne la faute originelle
Pour que Notre amour

Soit célébré à sa juste valeur,
Pour que s'embrasent Nos cœurs
Pour toujours.

31 Mai 2000

Elle et Lui

Les deux globes fermes de ses seins
S'adaptent juste à ses mains
Il manipule avec douceur
Le corps saisi de roideur

Elle est étendue sur une table
Et lui offre ses formes affables,
Inconsciente de son tourment
Elle est froide à présent.

Il s'empare de son cœur
Où subsiste une tiédeur
Le jette dans la balance
Pour y peser ses souffrances,

Il joue avec son esprit,
Presse les lèvres bleuies
Coupe dans l'abondante chevelure
Une boucle couleur azur.

Il tient délicatement sa main
Pour y relever au matin
L'empreinte qui la caractérise
Une marque qui la précise.

Tel un amant, il parcourt son corps,
Mais c'est pour y chercher les cause de sa mort :

Il est légiste, elle est cadavre,
Retrouvée tuée dans une cave.

1er Juin 2000

Les Amants

Les rayons de ses yeux
Transpercent mon cœur heureux,
La courbe de ses moues
S'attarde sur ma froide joue,
La douceur de sa langue
Laisse mon cœur exsangue,
La tendresse de ses canines,
Sur ma lèvre purpurine,
Imprime la marque de son amour :
J'ai quitté à jamais le jour,
Je suis mort, elle m'attend,
Vampire apaisée par mon sang.
Je ressuscite pour mieux la dévorer
De tendres et avides baisers:
A nous la vie éternelle
Et le sang pur des pucelles !

Elle m'a tué, mon sang a violé
Pour qu'on reste ensemble pour l'éternité,
Pour le meilleur et pour le pire
Jusqu'à ce qu'un pieu nous sépare,
On s'aime à s'en faire mourir,
A en boire notre espoir.
On vit dans le même cercueil
Dans une crypte abandonnée
Ma bien-aimée porte le deuil
Dans une robe ensanglantée.
Oiseaux de nuit nous sommes,
Nous dévorons le cœur des hommes,

Vautours humains s'aimant,
Le même linceul partageant.

Nous commettons des crimes,
Mordillons d'innocentes victimes,
Buvons des hommes en mal d'amour,
Et déchirons leurs beaux atours.
Nous décimons les boîtes de nuit,
Et les filles jeunes et jolies,
Nous les couchons dans notre cercueil
Et, ensemble, les mordons à l'œil.

Bonnie and Clyde des Ténèbres,
Nous dévalisons les orfèvres,
Volant sang et pierreries
Pour égayer nos longues nuits.
Les jours, nous les passons
A trouver le temps trop long :
Qu'il est dur d'être vampire,
Le soleil fait tant souffrir !
Les croix, nous les fuyons,
Les roses, nous les flétrissons,
Les miroirs, nous les évitons :
Dans nos yeux aimants nous nous contemplons.

On dit qu'le sang, c'est la vie
Et que l'amour en est le fruit :
Alors, l'éternité, nous la passerons à nous aimer
Et à dans le pourpre nous embrasser !

20 Mai 2000

Vénus et Adonis

Myrrha à la beauté trop chantée
Les foudres de Vénus s'est attirée.
Pour son père à présent son cœur bat
Mais l'inceste, son âme ne l'accepte pas.

Grâce à sa douce complice,
Sa bonne nourrice,
Douze nuits durant
Elle s'unit à lui passionnément.

Son noble père, le roi Théias
Découvre le méfait et la chasse.
Myrrha implore les dieux qui la font souffrir
Et aussitôt, ils la changent en arbre à myrrhe.

Neuf mois après, un sanglier immonde
De ses défenses ouvrent l'arbre qui met au monde
Un enfant d'une extraordinaire beauté
Qui „le Bel Adonis" sera nommé.

Elevé par les nymphes, il va gambadant
Par les forêts, les prés, les champs.
La beauté du jeune adolescent
Va de jour en jour grandissant.

Vénus la Belle en mal d'amant
Surprit un jour son chant:
A sa vue, son cœur s'éprend
De celui qui n'est plus un enfant.

Adonis lui aussi est charmé
Par la déesse de la beauté!
Commence alors une belle histoire d'amour
Qui aurait pu durer toujours

Si Adès, par la déesse repoussé,
Sur Adonis ne s'était pas vengé
Lui inspirant une redoutable attirance
Pour la chasse, l'aventure et le risque à outrance.

Un beau jour Adonis part chasser,
Malgré les soupirs de Vénus délaissée
Insouciant, chantant, gambadant
Il ne voit pas survenir un monstre repoussant.

Le sanglier aux défenses acérées
Sur lui aussitôt s'est jeté,
Enfonçant ses pieux dans la tendre chair
D'Adonis, il le mutile, l'éviscère.

Abandonnant le cadavre, il repart, laissant
Sur l'herbe rougie Adonis mourrant.
Dans la forêt résonne les cris
Du malheureux, son râle s'amplifie.

Vénus, par Zéphir prévenue,
Accoure, enfonçant dans ses pieds nus
De terribles ronces qui l'écorchent et répandent son sang
Sur les roses blanches entourant son amant.

De ses larmes naissent de ravissantes fleurs,

Les anémones, symboles de son malheur.
Ainsi prend fin la légende
De celui pour qui l'on tressa les plus noires guirlandes.

5-6 Juin 2000

Rapunzel

Dans ma tour d'ivoire, enfermée,
Je scrute l'horizon bleuté
J'attends celui qui me délivrera
Celui qui guidera mes pas.

Je laisse pendre le long de la tour
Les toiles tissées avec amour
Par mes longues dents acérées,
Ma bave visqueuse d'araignée.

Je suis belle, ô mortels, je suis reine des ombres
Venez me délivrer de ma tour sombre !
Mes huit pattes se feront tendresse
Pour celui qui me sauvera de l'enchanteresse,

La vilaine fée qui ici m'a enfermée
Pour aux yeux du monde me retirer,
Soi-disant pour ne pas vous effrayer
Comment peut-on faire preuve de tant de cruauté ?

Mon gosier se fera douceur,
Pour celui qui voudra de mon cœur,
Mes mandibules le chériront
Mes pattes le berceront.

Je tisserai le fil de nos vie
Si bien que les Parques en auront envie,
Je tapisserai notre couche de toiles
Et les mouches viendront se prendre dans mes voiles.

Succulent festin pour mon amant
Que ces insectes croustillants !
Je baverai pour de fils d'or le couvrir
Et ne le ferai jamais souffrir !

Dans ma tour d'ivoire, monstre de beauté,
Je scrute l'horizon rosé
Où jamais n'apparaîtra
Le bateau de celui qui m'aimera…

28 Avril 2000

Comptine de l'Ogre

La coupe est pleine
De tripes saines
Le plat rempli
D'humains rôtis
Ventre bourré
D'yeux arrachés
Dents constellées
De chair fumée
Orgie infecte
D'immenses insectes
Et beuverie
De sang pourri;
Cuisses d'enfants
Repas charmant
Tout frémissant
Et bien sanglant.
L'ogre se repaît
De gibier frais
De damoiselles
Et de pucelles.
Une fois gavé
D'agneaux saignés,
Court s'endormir.
Arrive le pire:
Homme mécontent
Sans ses enfants
Le tue lentement
En l'poignardant.
Cadavre immense

Saignée intense
L'homme se noya
Et puis voilà.
Ainsi finit
La poésie:
L'ogre est puni,
Et l'homme aussi!

14 Avril 2000
A Thyphaine qui a peur des croquemitaines

L'œil du Géant

Dans une caverne dans le Nord
Paisiblement un Géant dort
Un breuvage doré l'a endormi
On appelle ça „la bière des chtis"

La masse ronfle, rêve de fées
Qui dansent dans l'or embullé,
Elle ne voit pas s'avancer
Un humain par le nectar alléché

Le voleur s'empare de la chopine
Où pétille la potion divine
Il s'apprête à s'enfuir
Quand il entend un œil s'ouvrir,

Un œil rougeoyant encore embrumé
Par une gueule de bois bien avancée
Dont le regard le terrasse
Et le fait quitter la place.

Le malheureux partit en criant
Tandis que ce bon Géant
Retournait à ses rêves enchantés
Avec la chope pour oreiller.

3 Juin 2000,
Pour le lancement du COF (Cercle Odésien des Flandres)

Dans l'égout

Au fond de l'égout
Dans le dégoût
De terribles yeux luisent,
Des yeux qui méprisent,
Des yeux couleur diabolique,
Qui brillent d'une flamme maléfique,
Aux prunelles rouges sang
Et à l'iris flamboyant.

IL vit au milieu des rats,
Et des cadavres de chats.
Dans l'odeur insoutenable
De ce lieu insupportable.
IL se nourrit des corps que charrie
L'eau à la couleur sombre et ternie,
Dépouilles d'animaux au ventre rebondi
Par l'eau gorgés et pourris.

IL récupère ses forces peu à peu;
Déjà, la méchanceté brille dans ses yeux.
Son corps décharné prend forme lentement,
Et IL grogne et hurle maintenant.
La haine suinte des murs l'entourant
Et l'égout devient menaçant.
Le monstre de son sommeil s'est tiré
Il veut sortir se venger du passé…

23 Février 2000

Ballade du monstre

Monstre je suis -
On me l'a dit-
Pour attirer
Vos quolibets.

Monstre d'ennui
Pour mes „amis"
Mer de tourments
Pour mes parents

Oh, combien repoussant
Pour éloigner les gens !
Oh, combien ennuyant
Pour les voir s'endormant!

Monstre, vous l'avez dit
Du fond de ma maladie.
Triste et esseulé:
Voilà mes belles qualités.

Venez, alors, ma chair flageller
Voici une trique, voici un fouet !
Oh, venez me voir crever,
Dans l'abîme de l'ignominie tomber!

Venez m'abattre, venez me tuer
Et dans la honte m'étouffer,
Dans la boue de votre méchanceté,
Enfoncez moi la tête pour me noyer!

Ou oubliez mes différences,
Respectez ce que je pense
Sortez moi du gouffre où je suis,
Que constitue ma maladie.

25 Avril 2000

Malaise

Ténèbres blanches qui m'engloutissent, moi, fleur d'ombre, liane à la moire sombre, poétesse des vices.

Naissance des mots verts salvateurs qui adoucissent mon cœur et m'entraînent ailleurs, dans cet endroit où nul ne pleure.

Papillons pourpres qui me dévorent la plume et empêche la création, insectes maléfiques qui rongent l'imagination de leur trompe chimérique.

Malaise du corps qui embrume l'esprit, qui déchire les fils de la poésie, défait la délicate tapisserie où je couchais mes rêveries.

Chimères d'encre qui se font lentes, la plume tombe de ma main engourdie, elle se précipite dans le gouffre de l'ennui pour y noyer son essence bleuie.

Je tombe, aucune voyelle pour me retenir, ce vide me fait souffrir, où êtes-vous, mots enchantés, où est votre présence pour me sauver ?

Tout se mélange, tout est trouble, les mots se contorsionnent, leur absence me désillusionne, j'ai peur à présent, peur de ce vide géant.

Les mots s'envolent, je m'évanouis, plume légère au-dessus des ennuis.

29 Avril 2000

Douleur intense

Prison immense
Summum de l'atrocité
souffrance de grande intensité
Mal à l'aise total
blues fatal
serrement de cœur, regard apeuré
de biche affolée,
par le vide hypnotisée.
Regards compatissants repoussés;
renfermé sur soi
dans le monde où l'on est roi
autisme
et mimétisme:
Pour cause de peur
la joie se meurt
au mépris
de la vie.

22 Novembre 1999...

Deux anges

Deux anges sont partis
Il n'y a pas si longtemps,
Deux enfants unis
Ont quitté leur tourments.
Les âmes de ceux qui meurent
Se matérialisent dans le ciel
Sous forme d'étoiles sœurs
A la couleur de miel.
Paix sur votre âme tourmentée
Ils vous regardent d'en haut,
Ils ne vous ont pas quittée,
Leur amour est trop beau !

1er Janvier 2000
Pour Marie Christine Luciani…

Lettre

Que tes lèvres sensuelles formulent les mots
Qui sur tes rêves voguent, gracieux oiseaux,
Que pensif, tu mordilles plume et encrier
Ne sachant écrire tes pensées sur le papier,
Et si les baisers peuvent s'envoyer
Je lirai ta lettre de mes lèvres rosées !
Que ta fine plume traverse
La feuille de nos tendresses,
Qu'elle pénètre le papier
Pour de mots m'ensorceler !
Que ta langue perverse et chérie
Scelle l'enveloppe de mes nuits,
Qu'elle colle le timbre de ta voix
Pour traverser le monde jusqu'à moi !
Et enfin, mon chéri perdu si loin,
Pour faire battre ton cœur contre le mien,
Attache ta missive à la patte d'une colombe
Et notre amour j'emporterai dans la tombe.

3 Mai 2000

L'amoureuse chatte

Sur ton torse, je me prélasse,
Tendre chose dont le ronron t'agace ;
Gare à toi si tu t'en vas,
Mon amoureuse griffe te ramènera!

Blottie contre toi je suis au paradis,
Humant avec délices ton odeur chérie ;
Gare à toi si tu me trompes un jour,
Mes dents te puniront avec amour !

Tes mains si délicates font frissonner mon corps
D'un miaulement j'en redemande encore ;
Gare à toi, si tu vas voir ailleurs,
Je te lacèrerai, mon cœur !

Mais fatigué, tu t'es endormi
Sur ton divan aux teintes jaunies
Et moi, je veille sur toi,
Comme un dragon sur un trésor de roi

3 Mai 2000

Lassitude d'une journée féline.

Langoureusement couchée sur un lit de soie,
Tsitsa d'Ulthar baillait d'ennui.
La reine des chats
Ecoutait tomber la pluie.
Ni bouffon persan,
Ni les plus beaux vers,
N'éclairaient ses grands
Yeux verts.
Entre <u>L'horreur dans le musée</u>
et un Jean Sol Partre, <u>La Nausée,</u>
Elle avait établit son royaume.
Son cœur réclamait un baume
Contre une tristesse intolérable,
Une mélancolie insupportable.
Car tel est le destin de tous les chats
Sitôt que le maître a le dos tourné :
Tristesse toute la matinée,
Attente d'un pas.
Les plus agréables divertissements
(chasse à la souris pour cette princesse)
Ne la tiraient pas de son tourment,
De son espérance d'une caresse.
Elle lissa sa fourrure soyeuse,
Bien plus belle que celles des chartreuses,
Se gratta derrière l'oreille,
Signe d'une intense veille,
Et referma ses yeux rêveurs
Pour songer à l'élu de son cœur,
Un beau matou

Au charme fou.
Mais aussitôt la douce féline
Retomba dans une nostalgie maligne
Qui la laissait paresseusement blottie
Parmi les oreillers de l'oubli.
Ses amies les Siamoises,
Des demoiselles bien sournoises,
Malicieusement lui recommandèrent
De laisser vaquer ses affaires,
De ne pas remplir son devoir,
Et de leur laisser le pouvoir
De commander le Royaume des Chats.
Mais le ronronnement de la douce Tsitsa
En miaulement furieux se transforma.
Elle reprit les rênes de son empire
Pour le meilleur et pour le pire
Mais surtout pour se détacher
De la mélancolie incrustée
Au plus profond de son être
Ne vivant que pour son maître,
vous pouvez imaginer la joie de Tsitsa
Quand elle entendit un bruit de pas
Derrière la porte.
Son chagrin finit de la sorte :
Confortablement installée
Dans les bras de l'être aimé,
De toutes parts caressée
Elle ne pense plus qu'à ronronner.
Humains retenez cette leçon :
Les chats vous aiment sans façon.

Licorne

Il est un pays merveilleux
Où vivent les licornes couleur neige
Douces bêtes aux tendres yeux bleus
Et à la corne de nacre beige
Oh, magnifiques rêves éveillés
Qui tant les humains émerveillez!

Vous qui ne buvez que de l'eau pure,
Un jour, une vierge viendra
Et votre liberté, elle l'anéantira.
Oh, que la captivité vous semble dure!
Oui, ma belle, ma douce, tu seras prisonnière,
Et tu ne feras plus la fière!

Ta seule faiblesse
C'est cette jeune fille innocente
Et sa bride d'or brillante
Qu'elle te passe avec délicatesse.
Ta seule façon de t'échapper
C'est de la tuer!

Mais tu n'ose enfoncer ta corne d'opaline
Dans le cœur si pur
De la jeune fille aux yeux d'azur.
Sur son sein tu as posé ta tête chevaline,
Et calmement tu l'as suivie
Pour une nouvelle vie…

30 Juin 2000

Apparition

Dans le bruissement du ruisseau
Bercés par le chant des oiseaux,
Mes rêves s'envolent vers le ciel,
Bulles d'imaginaire couleur miel.
Leurs voltiges sont interrompues
Par un bruit charmant et inconnu,
Un délicas frottis de soie
Suivi d'un tintement de pas.
Il y eut un parfum entêtant de jasmin
Mêlé d'œillet, de roses, de romarin,
Un subtil mélange de mystère
Et de tendre passion de la chair.
Je me retournai, elle m'éblouit
Elle étincellait dans la lumière verdie
Sa robe de neige, sa corne d'opale
Aveuglèrent mes yeux d'une lueur royale.
Baissant sa noble tête, lentement elle but
L'eau dont la pureté fut ainsi reconnue,
Tel un fantôme doucement s'effaça,
Brume légère galopant dans les bois.
Je conçus joie, surprise, et douleur
Qu'elle ne restât pas même une heure.
Je connus tant de tristesse et de bonheur
Qu'elle ne passât qu'un instant dans mon cœur,
La Douce-Agile, la magnifiquement Bonne,
Celle qui éblouit le cœur des hommes,
Elle vint mais ne resta point,
Elle repartit vite au loin.
Dans le bruissement du ruisseau

Bercés par le chant des oiseaux
Mes songes galopent dans les terres du Rêve,
Hennissant doucement quand le jour s'achève.

13 Juin 2000

Druroc

La montagne subit un grand choc;
Qui cogne ainsi? C'est Druroc !
Pioche, creuse, Valeureux Nain!
Extraie des richesses de tes mains!
Saphirs, émeraudes, rubis,
Turquoises, onyx, lapis Lazuli !
Remplis-en ton grand sac,
Verse-les en vrac !
Pioche, creuse, valeureux Nain,
C'est pour le Roi Sylvain !
Il veut des joyaux pour sa bien-aimée,
Creuse, qu'elle soit émerveillée !
Or, cuivre, argent,
Olivine, jade, diamants !
Fouille, cherche, trouve !
Que la montagne devant toi s'ouvre !
Qu'elle t'offre ses richesses, ses splendeurs,
Pour ravir le Royal cœur !
La montagne a subit un grand choc;
Qui a cogné ainsi? C'est Druroc !
La Reine de bijoux s'est parée
Grâce au travail du Nain dévoué !

Phoebus

Bleu, vert, mauve, orangé

Rose, or, argenté,

Reflets rougeoyants

Et flambants

Sur la circonférence limpide.

Le soleil, astride

Dorée plonge dans l'eau

Et se couche, embrasant

L'Océan

De ses flammes folles

Et de sa tiédeur molle.

La mer boit cette chaleur

Exquise, et cette amante s'enivre de l'odeur

Brûlante de l'astre écarlate.

La nuit d'agate

Survient, avec ses belles

Demoiselles

Scintillantes.

La Lune, déesse envoûtante,

Installe paisiblement

Son beau rond blanc

Dans ce manteau de velours marine, et le silence envahit

Le pays endormi.

2 Août 1999

Sommaire

Achevé d'imprimer par Kindle Direct Publishing
(KDP) en Février 2021

Les Éditions de l'Œil du Sphinx
36-42 rue de la Villette
75019 PARIS
Mail ods@oeildusphinx.com
http://www.oeildusphinx.com
http://boutique.oeildusphinx.com
Tél 09.75.32.33.55
Fax 01.42.01.05.38

Toutes nos parutions sont sur :
http://boutique.oeildusphinx.com